AW

AF236408

Adelhard Winzer, geboren in Karlshuld/Bayern, verbrachte die ersten Kinderjahre auf dem Bauernhof seines Onkels, Mitbegründer verschiedener Bands, Reisen durch Europa, Kinderbuchveröffentlichung „Andreas", Georg Lentz Verlag, München, Bankangestellter, Bankkaufmann, intensive Schreib- und Zeichentätigkeit, Ausstellungen in Neuburg an der Donau, München und Umgebung, zwei Stücke im Cantus Theaterverlag, Eschach: „Krethi und Plethi" – „Das Korkenspiel", weitere Buchveröffentlichungen: „Die Sprachgrenze" – „Lügengeschichten", Books on Demand, Norderstedt, lebt im Chiemgau.

ADELHARD
WINZER
STOCKHOLM
BLUES
Kurzprosa

Bibliografische Information der
Deutschen Nationalbibliothek: Die Deutsche
Nationalbibliothek verzeichnet diese Publikation
in der Deutschen Nationalbibliografie. Detaillierte
bibliografische Daten sind im Internet über
http://dnb.dnb.de abrufbar.

© 2018 Adelhard Winzer
Herstellung und Verlag:
BoD – Books on Demand, Norderstedt
Umschlaggestaltung:
Adelhard Winzer

ISBN: 978-3-752839814

STOCKHOLM BLUES

Stockholm Blues

Seit ich denken kann, will ich nach Stockholm. Kennen Sie Stockholm? Ich war noch nie dort. Es ist schön, wo ich wohne, ich vermisse nichts. Also, sagen meine Freunde, was willst du in Stockholm? Ich weiß nicht. Nachts erwache ich aus meinem Traum, drehe mich auf die andere Seite und denke, morgen gehe ich nach Stockholm. Stets kommt etwas dazwischen. Ich gehe zur Arbeit, ärgere mich, gehe wieder nach Hause – schon ist der Tag vorbei. Wie schön wäre es jetzt in Stockholm, denke ich, warum bist du nicht nach Stockholm gegangen! Ich war in Trinidad, ich war in New York, aber was ist das im Vergleich zu meinem Traum. Meine Freunde sagen, geh in dich, vergiss dieses Stockholm, es bringt dich noch um! Aber in Gedanken bin ich in Stockholm. Ich weiß nicht warum. Um was Neues beginnen zu können, muss ich nach Stockholm. Kennen Sie Stockholm? Waren Sie schon dort? Heute wäre ein guter Tag, um nach Stockholm zu gehen!

Der Traum

Ein Mann sitzt in meinem Zimmer. Unruhig gehe ich vor ihm auf und ab, bleibe wieder stehen. Immer bleibe ich stehen vor ihm. Er hat seine Beine übereinander geschlagen, spreizt einen Fuß im Gelenk. Auch ich bin nicht unschuldig, sagt er, ich hätte mich genauso verhalten wie Sie. Was gestern ist, hat morgen nichts zu sagen! Ich setze mich zu ihm, ziehe einen kleinen Bumerang aus der Tasche. Haben Sie Kinder, frage ich.

Nachts

Wer nachts alleine durch die Straßen geht, ist entweder allein oder einsam, oder er kommt gerade von seiner Freundin oder von der Nachtschicht oder Spätschicht, oder er ist Bäcker und geht in die Brotfabrik, oder er hat an der Ecke seinen Wagen abgestellt und ist jetzt auf dem Weg nach Hause zu seiner Frau – oder auch nicht. So viele Fragen gehen den Menschen durch den Kopf, wenn sie nachts alleine durch die Straßen gehen und dabei auf einen Menschen treffen, der alleine durch die Straßen geht.

Befreiung

Er geht in den Wald. Zu seiner Frau sagt er: Ich bin in der Au! Manchmal nimmt er das Fahrrad. Motorsäge und Beil, eine Plane, falls es regnet. Er räumt auf, schlichtet Zweige und Äste. Das beruhigt ihn. Umgestürzte Bäume lassen sein Herz höher schlagen. Er prüft sie, zersägt sie in gleiche Teile. Stundenlang, und immer allein. Manchmal blickt er sich um, er hat die Erlaubnis vom Forstamt. Auch seine Frau hat sich daran gewöhnt. Er ist stark wie ein Bär, und eigensinnig! Und sanftmütig wie ein Kind. Da sitzt er, macht Pause. Sein Bier griffbereit. Manchmal pfeift er vor sich hin. Was er denkt, weiß ich nicht.

Die Bank

Ich sitze allein auf einer Bank. Im Gegensatz zu all den anderen Bänken, die rot in der Dunkelheit leuchten, ist sie schwarz gestrichen. Ich darf nicht aufstehen, das weiß ich. Ich sitze hier, um erkannt zu werden.

Der Fährmann

Ich bin der Fährmann, besitze einen Kiosk, nehme nur Leute auf mit weißen Schuhen. Die Sonne ist käuflich, sage ich, und der Fluss mein Geschäft. Die beste Kundschaft wartet auf mich. Aber ich bin unglücklich. Täglich geht ein Mädchen in weißgeblümtem Kleid vorbei, hoch aufgeschossen, dass ich klein erscheine neben ihr. Sie lächelt jedes Mal, als wüsste sie um meine Sorge. Deswegen sage ich auch nichts. Immer wenn ich mir eine Zigarette drehe, beobachtet sie mich, heimlich und verschwiegen, mit gesenktem Blick. Ich weigere mich, die Herrschaften über den Fluss zu fahren. Zwei Anker stecken im Sand. Fünfzig Silberlinge, sage ich, darunter geht nichts. Da bemerkt ein Herr das Mädchen mit dem geblümten Kleid, springt aus der Fähre, geht zielstrebig mit ihr in den Wald. Ich warte und putze meine Anker. Längst Rache schwörend, fahre ich allein über den Fluss.

Der Arbeitstisch

Projekte schreibender Menschen, die für ungültig erklärt werden, kehren zurück. Andere kehren nicht zurück. Diejenigen, die nicht aufgeben, schreiben ihre Projekte in Drehbücher um, senden sie an die Herren zurück, so lange, bis die gewünschte Unterstützung eintrifft. Gewisse Leute, denen man nicht trauen kann, in Fonds für Künstler aufgenommen werden. Lächerlich im Vergleich zum Budget der Herren. Es sollen sich auch Frauen darunter befinden, erniedrigte Frauen, die sich vorführen lassen. Eine Kamera fährt auf mich zu. Sie wissen doch was, sagt eine Stimme – sonst würden Sie nicht solche Reden halten!

Die Nachricht

Ein Bündel ungeöffneter Briefe liegt vor meiner Haustüre. Ich setze mich, finde eine Nachricht in Fraktur. Zwei Stunden benötige ich, um den Inhalt zu entziffern. Ich will das verheimlichen, aber die Haushälterin ertappt mich beim Öffnen der Briefe. Sie sagt: Ein junger Mann, der sich ausgibt als Ihr Bruder, will Sie sprechen. Ich weiß, dass es nicht mein Bruder sein kann. Im Treppenhaus finde ich den langersehnten Brief.

Ein Stern fehlt am Himmel

Jede Nacht erhalte ich den Anruf von der Lady aus Havanna, die gestorben ist an Krebs und Verzweiflung im Herzen. Wir erwarten Geld vom Patentamt aus Paris. Der Gestrichene Akkord ist ihre Erfindung. Aber die Herren zahlen nicht! Jede Nacht telefonieren ist kein Vergnügen, obwohl ich weiß um ihre Schönheit. Klavierkonzerte in Es-Dur. Ein Stern fehlt am Himmel. Alejo Carpentier trägt schwarze Tücher, wenn er nicht schlafen kann. Gebt ihr endlich das Geld!

Die Kirche im Dorf

Ich habe mich verloren in weit ausholenden Erklärungen. Fremde Städte und Räume. Kirchenglocken schärften mein Gehör. Die Regel ist einfach, dass Menschen tagsüber anders sprechen als abends. Jetzt aber, wo es alles gibt, von A und bis Z alles geregelt, die Erde gepflügt, der Baum beschnitten, gibt es nichts mehr zu sagen.

Die Straße

Ich marschiere auf einer Straße, die sehr eng ist und finster. Die Leute nennen sie Landstraße. Das hört sich schäbig an, man denkt an Staub und Gräben, an Räuber im Gebüsch. Das ist nicht richtig, sage ich, es gibt keine Straßengräben mehr.

Er hat viele Namen

Er macht eine Bewegung, die nicht von ihm
stammt. Er lacht, dass man es merkt. Merkt
man es, lacht er noch mehr. Er legt sich Bücher
ins Auto, die er nicht versteht. Er versteht sie.
Was ihn verletzen kann, die Frage: Wie alt sind
Sie eigentlich? Beginnt er zu sprechen, weiß
man nichts mehr. Sein Gang, dann wird er ehrlich. Er hat keine Kriegsverletzung, er war nie
im Krieg. Manchmal glaubt er an das Gute im
Menschen.

Der Verschwiegene

Ein Mann fand nachts keine Ruhe mehr. Tagsüber keine Erfüllung. Er wusste nicht warum, und die Menschen liebten ihn nicht. Da sprach eine Stimme: Wenn du unfähig bist, dein Leben zu meistern, verkünde es allen Menschen, dass sie hören, was du für einer bist! Da schämte sich der Mann, ging in die Wälder, in die Wüste, wurde stiller Jahr für Jahr, fand doch keine Ruhe. So kehrte er zu den Menschen zurück, ordnete sich ein in ihr Geschehen, friedlich und still. Und sie dachten: Was für ein seltsamer Mensch, auffallend freundlich und hilfsbereit, aber verschwiegen! Wir sollten Freundschaft schließen mit ihm.

Vernunft

Kommt einer und sagt, um neun geh ich schlafen, um fünf steh ich auf, gibt's nichts zu sagen.
Der Fehler ist nur zu glauben, die Vernünftigen seien immer die besseren Menschen.

Das Leben

Ich marschiere durch ein weites Land, diktiere
in ein Sprechgerät eine mathematische Formel,
die genau meinem Leben entspricht. Ein Kind
begleitet mich dabei.

Der Morgen

Der Morgen, siegessicher, legt wieder seine
Netze aus. Müde und stumm von der Nacht,
wie schläfrige Katzen steigen wir hinein in den
Morgen und lassen uns schnüren von ihm, der
stellt uns hinaus in den lärmenden Tag, nur um
zu sehen, wie wir uns befreien.

Das Trojanische Pferd

Vor mir ein hölzerner Hügel, laienhaft zusammengenagelt aus den Bohlen eines gesunkenen Schiffes. Ich weiß, es soll das Trojanische Pferd darstellen. Ein Priester in kardinalroter Stola hält die Zügel. Die Predigt, denke ich, er vergisst die Predigt. Unzählige Statisten streichen mit ihren Händen über das hölzerne Ungetüm, prüfen die Fugen, riechen daran. Priester ab, nach links, rufe ich. Habe ich nicht die Städtischen Bühnen bestellt, Laienpriester! Die Städtische Bühne, korrigiert mich mein Assistent. Eine Schlange fällt aus dem Schnürboden, das Pferd wird lebendig. Die Schlange, rufe ich, die Schlange! Mein Assistent springt ängstlich zur Seite. Völlig harmlos, sage ich, bei der Generalprobe passiert noch nichts.

Der Weg ins Gebirge

Ich bin auf dem Weg ins Gebirge. Die Schuhe schmerzen mich. Ich gehe auf Zehenspitzen. Ich will mir nichts anmerken lassen. Eine Frau geht neben mir, hält schützend ihre Hand vors Gesicht. Noch fünf Minuten, sagt sie. Ich beginne die Zeit mit den Fingern zu zählen. Sie wissen nichts, sage ich.

Das Tor

Zwei Katzen sitzen lauernd vor einem Tor. Ich bücke mich, will sie streicheln. Da ziehen sie mir ihre Krallen über die Hand, dass ich aufschreie, was ein paar schlafende Hunde weckt. Ein erbitterter Kampf beginnt. Ungehindert könnte ich das Tor passieren, will aber wissen, wer aus dem Kampf als Sieger hervorgeht.

Die Sekretärin

Die Sekretärin eines gewissen Herrn Florenz
steht vor der Türe zu ihrem Büro, sieht mich
kommen, macht einen Schritt vorwärts, verschwindet beinahe im Raum, dreht sich um,
womöglich mit dem Gedanken, ich würde nicht
mehr auf die Türe schauen, blickt mir nun voll
in die Augen, blinzelt dabei, setzt zu reden an,
sagt aber nichts, so dass ich stehen bleibe und
sie genauer betrachte. Da wird sie verlegen,
wendet sich ab, geht schnell durch den Flur:
Wollten Sie etwas von Herrn Florenz? Nein,
sage ich, einen Herrn Florenz kenne ich nicht.

Leoparden

Ein Leopard im Englischen Garten, der auf einem Drahtseil über die Liegewiesen balanciert. Seine traumwandlerische Sicherheit. Lässt er sich fallen oder balanciert er weiter? Bloß nicht aus der Ruhe bringen lassen. Er hat den Eisbach erreicht, verharrt für einen Moment, als wollte er prüfen, ob es sich lohnte umzukehren. Er steigt über die nackten Frauenkörper, langsam und bedächtig. Nicht aus den Augen lassen, denke ich. Zwei junge Leoparden sitzen sprungbereit neben mir. Wären es Tiger, hätte ich keine Probleme.

Der Fremde

Er hatte seit über drei Wochen kein Wort mehr gesprochen. Er lag ausgestreckt auf dem Bett. Die Tonbänder abgelaufen. Drei Wochen Musik, Wurst aus der Dose, Mineralwasser, Whisky, alles war vorhanden. Jede Nacht kam eine Frau und reizte ihn. Er wollte etwas beweisen. Niemand bemerkte es. Er blieb eine Stunde in der Badewanne, schrieb einen Brief an die Frau, verschnürte seine Sachen, trat wieder hinaus auf die Straße. Der Hausmeister kam um die Ecke. Ein kühler Wind begann zu wehen.

Der Mann auf der Straße

Ein Mann, wie wir ihn auf der Straße sehen: Ein Schritt vor dem andern, teilnahmsloser Blick, geht um die Ecke, ohne sich umzudrehen, oder bleibt stehen wie einer, der auf seinen Hund wartet. Trägt Schuhe aus dem Supermarkt, ein Gesicht wie geschnitzt, bis wir erkennen: Der ist ja nicht astrein! Seine Perversität, die sich mitteilt in Anspielungen, er merkt es, die Pflicht seinen Eltern gegenüber, nicht arm, auch nicht mittellos, Geschäftsleute, Konvention und so Sachen. Seine Schwäche münzt er um in Frechheit, Täuschen, um nicht getäuscht zu werden, sein gestörtes Verhältnis zu Frauen, auch fällt es ihm schwer, echte Freunde zu finden. Hinter der Maske der Offenheit verbirgt sich Verschlagenheit. Er denkt an Frauen, die es mit ihm treiben, drei Frauen auf einmal. Was er findet, sind Heimchen, er traut sich nicht ran. Nach Jahren der Erfolglosigkeit, die Eltern danken ab, übergeben ihm das Geschäft, heiratet er seine Jugendfreundin. Zwei Kinder und ein Schritt vor dem andern. Man merkt ihm nichts an.

Der Wunsch

In Rom gehen die Uhren anders, sagte die Frau,
fahren wir nach Rom? In Rom waren wir zwei-
mal! Warum nicht ein drittes Mal, ich möchte
mit dir noch einmal über die Brücke gehen, was
hältst du davon? Nichts, Albuquerque würde
mich reizen, einmal nach Albuquerque, warum
nicht Albuquerque, fragte er.

Das Hotel

Fenster und Türen sind verschlossen, doch der
Lärm nimmt kein Ende. Manchmal möchte
man auch schlafen, meint die Frau, oder nicht?
Pack deine Sachen, sage ich, fahren wir weiter.
Wohin, fragt sie. Wenn ich das wüsste! Ihr Mantel hängt griffbereit.

Der Fremde

Hinter ihm Gärten, am Berghang ein Klopfen, nagelbeschlagene Schuhe, zu regelmäßig, dass es Schritte sein könnten, ein Hammer, das Rascheln der Bäume, das Brechen der Äste, bald zweigt der Weg ab, links oder rechts, vor ihm ein Schild: Achtung böser Hund! Eine Villa am Rande der Gärten, Vogelgezwitscher, das Rascheln der Blätter, ein Lastwagen, der Fahrer am Steuer, der Mann geht nach links, hier wird es wärmer, Gepolter, Stimmen: Aufladen, wiederkommen, nicht reinhocken ins Gras, Hühner füttern, Hausaufgaben, schnell jetzt! Die Farbe der Wiese, er legt sich in die Wiese, ein Schmetterling, das Geräusch beim Anlassen eines Motors, Türenschlagen, oder ein Auspuff, er folgt dem Lärm, das Knirschen der Wagenräder auf Kies, der Motor stottert, überlaut jetzt das Vogelgezwitscher, die Stimmen ganz nah, auf der Straße ein Hund – endlich das Bild aus der Vogelperspektive.

Gump

Gump, der Dieb, wurde aufgefordert, seine Träume niederzuschreiben. Vor dem Einschlafen sagte er sich: Das Leben ist wie ein Kerker, nur Verbrecher leben dort. Ich bin nicht der, der ich bin. Ich trage immer einen Rosenkranz bei mir. Gedruckte Gebete. Ich bin ein gläubiger Mensch! Nach ein paar Versuchen gelang ihm das Unglaubliche: Er sah sich selbst als Missgeburt durchs Leben gehen, ein Tier, fünf Fuß groß, tiefgebeugt und mit federndem Schritt. Gump erwachte zu früh, und die Herren waren enttäuscht. Tierträume erhofften sie sich, wilde animalische Gesichte! Gump fragte sich: Träumen Tiere?

Der Käfer

Im Morgengrauen kriecht ein schwarzer Käfer durchs Fenster. Tau glänzt auf seinem Panzer. Unbeirrt krabbelt er über meinen Handrücken. Ein leichtes Kribbeln durchströmt meinen Körper. Wen könnte ich jetzt um Verzeihung bitten?

Trennung

Wir überqueren gemeinsam die imaginäre Linie unserer Trennung, schlagen Pflöcke in die Erde, Schilder mit Monogramm. Beim Übertreten zeigt jeder seine Papiere, die von der Gegenseite abgezeichnet und vierteljährlich erneuert werden müssen. Nach jeder Übertretung erhält man einen Strich. Das Übertreten wird erschwert durch abgerichtete Hunde. Auf dem Papier wird deutlich, wer sich am meisten um den anderen bemüht. Ein Unentschieden gibt es nicht.

Gump

Mit Gump war nicht zu spaßen. Er konnte urplötzlich, noch vor Einbruch der Dunkelheit, aus heiterem Himmel heraus an zwei völlig verschiedenen Orten gleichzeitig erscheinen. Jedenfalls wurde das von Personen, die allseits bekannt waren für ihren klaren Verstand, übereinstimmend behauptet.

Die Badewanne

Eine Frau steigt aus einer Badewanne. Menschen umringen sie, wollen Sie fotografieren. Eine nackte Frau, die aus einer Badewanne steigt.

Die Brücke

Ein Mann stand auf einer Brücke, hob seinen Arm, und der im Wasser hob auch seinen Arm. Der Mann auf der Brücke lächelte, der im Wasser lächelte zurück. Der Mann hob seinen Kopf wie zum Gruß, der Mann im Wasser grüßte zurück. Der Mann auf der Brücke schloss seine Augen, hörte das ihm vertraute Rascheln des Schilfes. Er öffnete seine Augen und lächelte, stieg endgültig hinab zu dem Mann im Wasser.

Kälte

Der immer wiederkehrende, zurückhaltend scheue, verunsicherte, oftmals wie um Hilfe suchende Blick eines Jungen, der sich wendet und dreht, dabei nichts als Verachtung und Kälte, tief verletzend wirkende Blicke einer unscheinbar auftretenden Frau erhält.

Der Kampf

Heute Nacht habe ich einen Magier getroffen, der sagte: Ich habe ein Zauberelexier, die, die nie sein wollen, wie sie sind, die Kranken und Schwachen, alle kommen zu mir, wer bist du, was willst du, fünf Scheine und ich erledige alles für dich! Ich lachte und sagte: Nein, danke, mein Herr, ich bin Deutscher, auch geht es mir nicht ums Geld, ich bin ja zufrieden, und legte fünf Scheine in seinen Hut. Ich blickte mich um, schlug den Mantelkragen hoch, weil es kalt war, und stieg in den Wagen. Wohin, fragte der Chauffeur.

Der Verliebte

Sie hat einen heimlichen Liebhaber. Er ist älter
als sie. Alle wissen es. Eigentlich ist er schüchtern. Er denkt oft an sie. Sie hat einen schönen
Mund. Sie geht nicht tanzen. Er zerbricht sich
den Kopf über sie. Er ist eifersüchtig. Er sagt es
nicht. Sie sagt es nicht. Er liebt sie. Er hasst sie.
Manchmal denkt sie dasselbe.

Das Pferd

Ich sehe ein wildes Pferd vor mir. Ein Pferd ohne Reiter. Ich bin sehr interessiert an dem Pferd, das langsam im Moor versinkt. Sadist, ruft eine Stimme, gefällt Ihnen der Todeskampf! Schön anzusehen, ich weiß, die aufgerissenen Augen, der Hals, wie er sich streckt, die nasse Mähne, beachten Sie seinen Kopf, ein Araber, die Nüstern zugewachsen, nur gibt es hier keinen Wüstensand. Sehen Sie den eindringlichen Blick, wenn es nicht stimmt, korrigieren Sie mich! Eindeutig der flehende Blick eines verlorenen Menschen. Sie haben noch keinen verlorenen Menschen gesehen?

Veränderung

Er wollte sich verändern. Er wusste, das ihm von zu Hause eingetrichterte Gefühl: Du bist nichts, du wirst nichts, war falsch. Nur seine Freunde versuchten ihm zu widersprechen, auf ihre Art, und wandten sich ab. Ihre Freundschaft war nicht aus auf Veränderung. Aber waren es nicht stets die ihm feindlich gesinnten Menschen, die ihn weiterbrachten?

Die Rose

Ein junges, hübsches, schwarzgekleidetes Mädchen mit einer Rose in der Hand schritt aufreizend langsam auf mich zu und ließ die Rose fallen. Ach, rief sie entzückt, bückte sich und blickte mir gefährlich lächelnd in die Augen: Lassen wir sie liegen!

Spann die Schimmel an

Spann die Schimmel an, und ich baue dir aus Träumen eine Kutsche. Setz dich zu mir, den Hafersack schmeiß hinten drauf. Wir erreichen ein Land, wo es Tage gibt, weiß wie Milch, und die Menschen, mit einem Lächeln, spazieren durch die Straßen. Spann die Schimmel an, setz dich zu mir. Mit dir wird alles wahr.

Er sprach sich Mut zu

Ich kann nur nicht schlafen, weil ich nicht schlafen kann, dachte der rechtschaffene Mann. Und ein wahnwitziger Kampf begann.

Der Hauptdarsteller

Er hat eine einsame Zeit hinter sich. Der Beschreibung nach ist er ein Held. Wer glaubt, einen Dummkopf vor sich zu haben, wird sich täuschen. Die Leute sprechen von Entwicklung, blicken zurück und bemerken, dass sie sich weiter entwickelt haben. Manche bekommen es mit der Angst zu tun, geschickt versuchen sie das zu verheimlichen.

Der alte Mann

Im Altersheim erhielt er endlich das Menü, das er sich gewünscht hatte, früher, als Kind, in jenem Nobelrestaurant, das es heute nicht mehr gibt. Einmal ist genug im Leben, sagte Schwester Monika. In der Eingangshalle glaubte er seinen Vater zu sehen.

Zuschauer

Ich sitze allein in einem Zuschauerraum. Auf der Bühne ein Mann, eine Frau. Die Frau gibt vor blind zu sein, jedenfalls trägt sie eine Blindenbrille. Sie stellt Fragen: Was macht unser Zuschauer? Was sehen die Augen? Beobachtet er uns? Wie ist er gekleidet? Welche Augenfarbe, welche Frisur? Der Mann belügt sie, dass ich nachdenklich werde. Ich bin die Hauptfigur. Der Zuschauer blickt zur Seite. Der Zuschauer zieht sein Taschentuch. Die Frau fragt: Wie alt ist der Zuschauer? Ein Deutscher? Schlecht zu sagen, entgegnet der Mann. Die Frau hebt ihre Hand, bewegt ihre Finger. Was die arbeiten müssen, tagein und tagaus, die Knochen, die Sehnen, das ganze Nervensystem, sieht er das auch, unser Zuschauer? Sie wissen, das Licht, entgegnet der Mann. Er darf sich nicht verraten.

Die Stimmen

Das Gefühl, etwas sei in Unordnung geraten beim Überqueren der Hauptverkehrsstraße. Einkaufstaschen, Pfützen, Blätter darin und am Rande schon festgetreten. Plastiktüten, Kinder, Frauen, die reden von Verstorbenen. Am Abend wieder die Stimmen im Kopf.

Er ging ins Zimmer

Er ging ins Zimmer, von seiner kleinen Küche aus. Er sah leere Polsterstühle, Sessel, Tassen und Teller. Er sagte: Ich habe etwas Gutes gekocht.

Die Stille

Plötzliche Sehnsucht nach einem gewaltigen
Sturm, wenigstens nach Regen oder Schnee,
nach einem Zeichen der Natur. So still ist es,
so unruhig in mir.

Hunger

Ich sitze mit einer Frau im Frühstücksraum eines Hotels. Es gibt Fisch auf Toastbrot. Unser Hunger ist groß. Wir reden mitten ins Essen hinein. Der Kellner sieht uns argwöhnisch an. Wir lassen Brotteile liegen, trinken Kaffee und Sekt. Wir sind sehr ausgelassen.

Die Schnur

Ich spaziere über ein kahles Feld. Windböen wirbeln feinen Staub auf. Ich überlege, was ich anfangen könnte, Kartoffeln anbauen oder Getreide? Mein Nachbar kommt, weiß sich gleich zu helfen, gräbt Löcher aus, zieht ein paar Schnüre, schon ist das Feld markiert. Baugrund, sagt er, die einzige Möglichkeit zu existieren.

Zeig mir deine Schwäche

Zeig mir deine Schwäche und ich halte sie dir vor, früher oder später, kommt nur auf den Augenblick an, lese ich heute an deiner Türe. Dass man nie reden kann, wenn man will, um sich anzuvertrauen, das ist mir klar, nur bei dir dachte ich anders. Was du aber brauchst, ist die Peitsche, die Lüge von mir. Vorausgesetzt auch dieses Leben, die Welt ist nur ein Prozess, eine Lehre, sag nie was du denkst, vertrau keinem Menschen. Mehr hab ich auch nicht gelernt von dir.

Das Fräulein

Wir machten es hier auf dem Felsen, weil niemand was sagte, das darfst du nicht machen. Aus freiem Willen auch wolltest du mehr davon. Das Gebirge aus Fleisch, die kleinen Brüste, straff ragten sie in den Morgen.

Der Spiegel

Ich stehe vor einem Spiegel. Ein Zittern geht durch meinen Körper. Ich nehme ein Schmerzmittel, das mir der Arzt empfohlen hat. Das Verfallsdatum ist abgelaufen. Der Beipackzettel fehlt. Unruhig gehe ich im Zimmer umher.

Warten

Seit Wochen nur rumsitzen in der glühenden
Sonne, lesen und rauchen. Vormittags steht
der Nachbar auf seinem Balkon, Bäckermütze
schräg auf dem Kopf. Ich verkrieche mich wieder ins Bett, unter die Decke, suche den Faden,
der alles zusammenhält.

Die Rote Liste

Ich melde mich freiwillig in der Notaufnahme eines Krankenhauses. Brustkrebs, sagt eine kleine dickliche Krankenschwester, wir wissen Bescheid. Sie nimmt mich an der Hand, führt mich durch einen langen Flur in ein kleines Einbettzimmer. Frisch gestrichen, sagt sie. Ein veralteter Kalender hängt an der Wand. Auf dem Nachtkästchen ein Buch mit dem Titel Rote Liste. Wollen Sie den sexy Schlafanzug von uns, fragt sie, oder haben Sie ihren eigenen dabei. Brustkrebs, wiederhole ich, warum ich. Ausziehen, sagt sie. Ich gehe auf das Nachtkästchen zu, öffne das Buch. Sind Sie sicher, frage ich.

Plakate

Ich stehe vor einer Bretterwand, an der Plakate geklebt sind. Ich will sie entfernen, aber es gelingt mir nicht. Briefkonsumgesellschaft, lese ich, Lebensgemeinschaft, Unerhebbarkeiten, Gerichtetheit. Ich höre auf zu lesen. Nein, ich lese weiter. Anzusehnen, Gerechtigkeitsverlust. Zuhause schreibe ich das Wort Hundekot in meinen Kalender.

Das Schöne

Das Schöne war groß und schön und erhellte die Räume, die Gedanken der Menschen, und die Kinder freuten sich. Bis die Analysten kamen, Vertreter der neuen Zeit, nichts mehr vorhanden war von dem Großen und Schönen.

Der Vorsatz

Heute Nacht mache ich mich auf, dir das Handwerk zu legen. Du bist den Gedanken nicht wert. Deine Worte stinken. Du hast sie geklaut, als ich unsichtbar war, zu schüchtern mich zu wehren. Meine Bilder, die Bücher, alles stellst du ins falsche Licht. Ich habe gespart, ich nehme den Star-Anwalt. Nicht mal ein Lächeln gestehst du dir zu.

Die Fremde

Vor einer Straßenkreuzung steht eine Frau. Ich sehe nur ihren Rücken, manchmal das Profil. Um sie genauer betrachten zu können, gehe ich langsam an ihr vorbei. Bloß keine Anzüglichkeiten, sagt sie, der Tag war schlimm genug.

Die Uhr

Ich kaufe in einem Supermarkt eine Uhr. Die Verkäuferin schiebt mir lächelnd den Kassenzettel zu. Zuhause stelle ich fest, dass die Uhr rückwärts geht. Aus einer Schublade hole ich einen kleinen Spiegel. Kichernd montiere ich ihn an die Uhr.

Das Tier

Tief in ihm wütete ein wildes Tier, das man
vergeblich versuchte zu töten. Täglich ver-
spürte er das Messer, den Degen zwischen Hals
und Schulter.

Begegnung

Ein Mann, eine Frau, ihrer Sache nicht sicher,
geben sich anders als sie sind, versuchen was
Schönes in komplizierten Situationen zu denken, was ihnen gelingt. Schnell verliert man
den Blick fürs wirkliche Leben.

Gedanken

Als das Flugzeug bei Nacht den Vollmond durchquerte, wurde es für einen Moment sichtbar. Vorstellung, dass jeder Mensch einmal vor die Welt hintreten müsse, völlig nackt und entblößt. Es erschienen aber nur die Gedanken.

Der Fremde

Gehe ich den Fluss hinunter oder die Straße, ich gehe und begegne ihm. Er ist stärker, denke ich, und ich kann ihn umgehen. Nur weiß ich, dass ich ihm begegne.

Der Mann auf dem Hochrad

Ein Mann sitzt auf einem Hochrad, wirft kleine Bälle in die Luft. Er lächelt dabei und ruft: Ich fahre, hüpfe, springe, ich lebe, und du? Auch ich kann fröhlich sein, entgegne ich.

Drei Männer

Drei Männer gingen in eine Kirche. Der erste begann zu beten. Der zweite dachte, um meine Zukunft ist es schlecht bestellt! Der dritte beobachtete die beiden.

Der einsame Mann

Manchmal, in sehr frühen schlaflosen Morgenstunden, glaubte er, durch die hellhörigen Straßenschluchten der Großstadt das Krähen eines Hahnes aus seinem Heimatort zu hören.

Als ich das Meer war

Als ich das Meer war, sah ich dich als Frau, die sich wusch, unten am Meer, das Haar zu einem Knoten gebunden. Der Duft deiner Haut machte mich wild, und ich leckte deine Brüste. Ohne Scham kamst du zu mir.

Der Purzelbaum

Ich liege auf einer Wiese, die Sonne scheint. Ich beobachte den Horizont. Das Gras flimmert dort. Ich denke an Feuer. Ich will meinen Verstand einschalten, aber ich habe keinen, sagen die Leute. Ich stürze einen Berghang hinab, schlage wilde Purzelbäume. Ich liege in der Luft wie ein Drachenflieger. Ich lache dabei.

Drei Töchter

Als die Töchter erwachsen geworden waren, lachten sie nur noch über den Jähzorn ihres Vaters, der ihnen, wie sie glaubten, nichts mehr anhaben konnte. Sie trieben ihn zum Wahnsinn, zahlten es ihm dreifach heim, indem sie nur noch lachten. Er war der Diktator, der Terror in ihrer Jugend, er war der Unrechte: Er hatte ihnen all das übertragen, was sie an ihm hassten.

Der Schmerz

Weißt du denn nicht, unsere Seele ist nur ein
Stück Seidenpapier. Aus Langeweile, aus Spaß
an der Liebe ritzen wir uns kleine Herzen hinein.

Alles ist tot hier

Alles ist tot hier auf den Straßen, die Hinterhöfe ohne Kindergeschrei. Verängstigte Taubenpärchen hocken hinter Balustraden und haben das Scheißen verlernt. Computergesteuerte Gestalten, mit dem Kopf unterm Arm, irren umher. Nur manchmal so etwas wie ein Mensch. Aber den kriegen sie auch noch klein. Nehmt euch in Acht, ihr Farbfernsehverkäufer, ihr Produzenten für Freizeit und Langeweile, etwas wird kommen, das klein ist und kalt. Noch bevor ihr einen Namen gefunden habt dafür, werdet ihr sterben daran, krepieren wie die Fische im Meer!

Die Wunde

Er kniet in der Fußgängerzone und betet, Passanten bleiben stehen und schauen. Er gurtet seine Pferdedecke höher, zeigt eine klaffende Wunde. Manche Leute gehen anders weiter als vorher.

Der einsame Mann

Der Mann konnte sich, zum ersten Mal in seinem Leben, nicht mehr beherrschen. Er wandte sich ab von den Menschen und begann zu weinen. Tränenblind saß er da und weinte, ohne Scham, wollte nicht mehr aufhören. Von weitem glaubte man, jemanden lachen zu hören.

Der Anzug

Ein Freund, den ich seit Jahren nicht mehr gesehen habe, steht vor der Türe. Er ist in Schwierigkeiten geraten. Keine Begrüßung, kein HALLO! Er reicht mir seinen Anzug. Ich gebe ihm Geld. Er sieht mich herausfordernd an, stellt einen Fuß in die Türe: Ehrlich gesagt, hilft mir das Geld für den Anzug auch nicht weiter.

Geduld

Ich habe eine Aufgabe zu erfüllen. Wie viel Geduld benötigt man, um überleben zu können? Ich ziehe mich in eine Steinwüste zurück, ernähre mich von meiner Haut, die ich an einem schmalen Felsen abschäle. Stundenlang kaue ich sie. Ich habe kein Problem damit. Schließlich kehre ich zu den Menschen zurück. Auf einem Marktplatz verkünde ich die Antwort. Geduld, sage ich, braucht man nur so viel, dass sie zum Leben reicht. Zwei Männer führen mich an den Felsen zurück. Ein Mann steht dort. Sind Sie das, fragen sie.

Der Lift

Ich lebe mit einer Frau zusammen in einem Hochhaus. Wir sprechen nur französisch. Jeden Tag fahren wir mit dem Lift, dort sprechen wir deutsch.

Das Haus

Vor einer Straßenkreuzung beobachte ich einen Mann, der ein Haus verputzt. Kaum hat er den Mörtel mit der Kelle an die Wand geworfen, fällt der Putz wieder ab. Ich weiß nicht, ob das der Arbeiter merkt. An der Eingangstüre erkenne ich, dass das Haus mir gehört. Die Ampel schaltet auf Grün, aber ich fahre nicht weiter. Misstrauisch beobachte ich den Mann, der sich jetzt hinsetzt und seine Brotzeit auspackt, ungeniert in meine Richtung blickt.

Papier

Ich reiße Papier entzwei, lege die Blätter auf den Tisch. Ich betrachte sie: Wenn alles so einfach wäre!

Der Chiemsee

Eine kolossale Elefantenherde, schwer beladen mit riesigen Ölfässern, überquert mit gesenkten Köpfen und verknoteten Rüsseln, angeführt von einem schwarzen Elefantenbullen, langsam aber unaufhaltsam den tiefgefrorenen Chiemsee. Lautsprecherstimmen warnen vor einer brunftigen Elefantenkuh.

Das Kind

Ein Kind läuft von einem Haus weg, wird verfolgt von den Eltern, beginnt zu schreien, aber ich höre es nicht. Ich sehe alles durch ein Fernglas – ein Kind, das unterwegs ist in die Freiheit, weg von den Lehrern, Verwandten, Religionen und Nachhilfestunden. Das Kind spuckt, reißt sich die Kleider vom Leib. Es sind die Eltern, die bedrohlich näher kommen, mich entdeckt haben im Gebüsch. Ich stelle mich freiwillig. Ich weiß, das Kind hat keine Angst, nur vor der Rückkehr fürchtet es sich.

Einladung

Obwohl ich noch nie auf einer Buchmesse war, bin ich zum Gespräch geladen. Ich werde an einen großen Stand mit Goethe-Ausgaben geführt. Mein Urteil ist vernichtend. Der Verlag, und es handelt sich nicht um den kleinsten, behauptet, es seien handgeschriebene Unikate. Enttäuscht gehe ich weiter. Allmählich bemerke ich, dass jeder Verlag zu diesem Verlag gehört, es keinen anderen Verlag mehr gibt.

Das Leben

Grüne Pflanzen wachsen in mein Zimmer hinein. Frauen ohne Männer durchqueren die Wüste. Mein Herz schlägt nicht so, wie es schlagen sollte. Ich sortiere Blumen nach Duftnoten. Die Sonne verschwindet. Ich habe nichts zu verlieren. Ich weiß wie es geht, ich weiß es.

ADELHARD
WINZER
DIE SPRACHGRENZE
GESCHICHTEN, 2018, 184 SEITEN
BOD – BOOKS ON DEMAND, NORDERSTEDT
ISBN 9783746087429

In mehr als hundert ineinandergreifenden
Geschichten (die längste hat elf Seiten, die kürzeste
vier Zeilen) wird anhand der Parabel,
der Groteske, der Fabel und der Übertreibung
von Personen und Ereignissen berichtet,
denen allen gemeinsam die Thematik
„In der Fremde" zugrunde liegt. Skizzenhaft,
lakonisch, phantastisch überhöht,
bis an die Grenzen der Erzählbarkeit.

„Ihre Texte haben lange auf meinem Schreibtisch
gelegen und ich habe immer mal wieder
hineingeschaut. Der Titel ‚Sprachgrenze' ist total
richtig gewählt. Alle Texte machen vor etwas Halt –
eine Wand? Ein Absturz? Ein Paradies?
Das wirkliche Leben? (was immer das ist). Man
wartet auf einen Durchbruch, aber er kommt nicht.
Sehnsuchtstexte! Sehnsucht sehnt sich
nach Erlösung. Aber was könnte das sein?
Gott? Die Liebe? Die Tat?"
Ruth Rehmann in einem Brief an Adelhard Winzer

„Deine Geschichten sind klasse,
sie ziehen den Leser in den Bann,
sind erschreckend ehrlich und hart,
sprachlich fein gesponnen."
Thomas Felber, Buchhandlung Lentner, München

„Ich finde Ihr Werk rundherum gelungen."
Wolfgang Weinkauf

ADELHARD
WINZER
LÜGENGESCHICHTEN
2018, 132 SEITEN
BOD – BOOKS ON DEMAND, NORDERSTEDT
ISBN 9783752862102

Wie lange waren Sie fort von zu Hause?
Ich war niemals fort.
Doch, wir wissen es, wie lange?
Niemals war ich fort.
Sie lügen, sagen Sie schon!
Gut, ich lüge, aber das ist die Wahrheit.

Adelhard Winzer
Zwei Stücke im CANTUS Theaterverlag

ADELHARD
WINZER
KRETHI UND PLETHI
Ein Spiel

Ein Stück, das die Sprache zum Mittelpunkt hat.
Befangenheit und Vorurteile der Menschen.
Keine zwingende Handlung. LAYLA
(schwarzhaarig) und SABRINA (blond),
einheitlich gekleidet,
sitzen Rücken an Rücken auf einer Bank,
reden über eine fremde Person, stehen auf,
gehen im Kreis, deuten mit den Händen,
vermeiden es, sich dabei anzuschauen.
Ort des Geschehens: Ein Kirchenplatz.
Bühnenlicht, das, während sie sprechen,
allmählich schwächer wird und den Schatten
des Kirchturms näher bringt. Bewegungen
und Gesten sollen nicht übertrieben wirken.
Freier Redefluss. Dazwischen kurze und längere
Pausen. Keine strenge Regieanweisung,
die Inszenierung liegt in der Hand des Regisseurs.
LAYLA und SABRINA telefonieren in den Pausen:
nehmen Anrufe entgegen, die sie mit JA oder NEIN
oder SOWIESO beantworten, oder sie schreiben
SMS auf ihren Handys, murmeln Unverständliches
dabei, schminken sich oder blättern in Illustrierten,
gähnen, schauen neugierig um sich, manchmal auch
verängstigt. Beide treten sehr selbstsicher auf –
aber nicht überheblich.

ADELHARD
WINZER
DAS KORKENSPIEL
Drama

*Ein Leben ist immer zu kurz
für ein ganzes Leben*

Alf und Bianca haben ihre Stadtwohnung
aufgegeben und versuchen in einem abgelegenen
Bauernhof auf dem Land sesshaft zu werden.
Eines Tages bekommen sie Besuch von Gitte und
Ernst, einem befreundeten Paar aus der Stadt. Sie
machen es sich bei Kaffee, Kuchen und Wein im
Garten bequem, erzählen von ihren Reisen nach
Asien, Österreich, Italien, Mexiko und New York.
Während Alf und Bianca sich gegenseitig die
Beweggründe ihres Neuanfangs zu erklären
versuchen, schwärmen Ernst und Gitte von der
ländlichen Umgebung. Dabei stellt sich heraus,
dass Alf und Bianca von ihrem neuen Nachbarn
dominiert werden, die angebliche Idylle nur
täuscht, alle vier sich im Grunde nichts zu sagen
haben. Ein harmlos erscheinender Nachmittag auf
dem Bauernhof, bei dem es am Abend zur
Katastrophe kommt.

Aufführungsrechte:

*CANTUS Theaterverlag
Eschach*